此地有声

陈运能 著

宁波出版社

序　言

　　朱光潜先生在《诗论》中说,诗是文学的精华,一切纯文学都有诗的特质,好的艺术都是诗,不从诗入手,谈艺的根基就不深厚。"要养成纯正的文学趣味,我们最好从读诗入手。能欣赏诗,自然能欣赏小说戏剧及其他种类文学。"[1]他把诗放在了文学的很高地位。当然,他这里所说的"诗"是指真正纯正的诗(文学类别)和优秀的诗作。诗是什么?朱光潜先生从诗的起源、诗的表现、诗的特征等多种角度引证出:"诗是有音律的纯文学。"它区别于散文的偏于叙事说理、音乐纯形式的节奏与和谐、舞蹈的节奏与姿态。他在《给一位写新诗的青年朋友》一文中不无诚恳地说道:

　　　　谈到"改正",我根本不相信诗可以经旁人改正,只有诗人自己知道他所写的与所感所想的是否恰相吻合,旁人的生活经验不同,观感不同,纵然有胆量"改正",所改正的也另是一回事,与原作无干。至于"批

---

[1]　朱光潜:《朱光潜全集(第三卷)》,安徽教育出版社1987年版,第350页。

评",我相信每个诗人应该是他自己的严厉的批评者。拉丁诗人贺拉斯劝人在作品写成之后把它摆过几月或几年不发表,我觉得那是一个很好的忠告。[1]

事实上,以我的观点,不仅仅是纯文学有诗的特质,好的艺术都是诗,许多以科学理论为基础的自然科学也都有诗的特质,如数学、物理学、化学等,它们与文学艺术有许多相通之处。从哲学层面而言,自然科学和文学艺术是相辅相成、互为补充的。

这本集子中的作品写作时间跨越多年。它是作者读诗、析诗、学习、工作、生活,有所感悟、有所抒发的结晶。2005年10月,经宁波大学中文系原教授、湖畔诗人研究专家贺圣谟先生阅审、指教,并已由出版社设计好封面,拟以书名《乡间的小路》付梓。贺老还推荐了几首我的小诗,欲在报刊上发表,都因个人原因没有实施。想来的确辜负了贺老和编辑、设计的厚爱与期望了。如今,不想一晃就匆匆过去了十多年。每次重读这些作品,总还有一些生活和岁月的感动,觉得还是有必要结集成书,作为对时代和人生的一份借鉴和交代。这次在原有书稿的基础上,删减了部分作品,增加了几篇诗文、歌词(其中2首曾获奖)。本人多年间坚持阅读诗歌、文献,所获甚多,此次特意从个人收藏的中外作品中精选了50部,作为推荐书目附于书后,供

---

[1] 朱光潜:《诗论》,上海古籍出版社2001年版,第193页。

读者阅读参考。同时为更准确起见,把书名改成了《此地有声》,以表达作者离开故乡,多地求学、工作、生活的一些体会和感受。

最后,衷心感谢贺老的鼓励、帮助,感谢多年来不少同人、书友及文艺爱好者的交流、切磋与鼓励。感谢出版社编辑们的辛勤劳动。同时,谨以此书献给我亲爱的父亲、母亲、爱人、家人和过去的岁月。20世纪,当我考上大学,父亲挑着全部行李送我去公路边等候长途客车,冒雨尾随我们的母亲穿戴着蓑衣斗笠,轮值牵着生产队的一头耕牛默默为我送行时的身影如今依然历历在目。这也是拙作《乡间的小路》《母亲的蓑衣》和原定书名的由来。

作者

2020年2月16日

目 录

◦ 青春之歌

真理所在	03
听　雨	04
你是谁	06
月　夜	08
无　题	09
匆　匆	10
心灵的困惑与终结	11
赠　别	12
错没错	13
挽　歌	14
写在书的扉页	15
遇	17
眸	18
花前絮语	19
思　念	21

矛　盾	22
疑　问	23
无　题	24
年　龄	25
爱情速写	26
想	27
记　忆	28
黑色的框架	29
上妙光塔	30
夏夜小曲	31
春天的故事	32
心中的她	34
想象与记忆	35
想象与事实	36
哲学笔记	37
杜鹃花	38
四　月	39
雨中随想	40
雨季速写	41
一无所有	42
黝黑似我	43

乡间的小路	45
赠	46
为她生日而作	47
伤　痕	49
相见又无语	50
我生来就这样愚笨	51
我端起幸福的酒杯	52

○ 昨日星辰

其实你真的很能干	55
我的兄弟是一名企业主	57
老　师	59
An Unsent Card	60
（一张未寄的明信片）	61
ATM	62
纳　米	63
梁溪桥堍	64
长龙头	66
秋　花	68

春天真的到了	70
子夜速写	73
Unchanged	74
（不变）	76
有感高速（四首）	78
偶遇即景	81
别打了	83
路	86
县长和他的私生子	87
这些天我怎么了	89
醉酒歌	91
赠友人	93
贺	94
三点钟	95
雷　雨	96
我的天地（二首）	98
你的天地（二首）	100
我有一张照片在手边	102
邻家的小女孩	103
天空中一片飘动的云	104

○ 春日遐想

春日遐想	107
城市的乡村	111
绿茶与咖啡	113
影　子	114
背　叛	117
日湖和月湖	119
呼　唤	121
叛　逆	122
昨　日	123
大桥有感	124
爷爷的眼睛	125
你	127
杨家树记忆（四首）	129
秦屿滩	131
太姥山的传说	133
小城故事	135
我是如此忧伤	136
同学会	137
游伍山石窟	138

城市、兔子与主人	140
小飞蛾	142
灯　语	143
秋日私语	147
父　亲	148
商量岗	149
黄果树瀑布印象（四首）	151
你	153
无　题	154
Vienna	155
不夜城	156
伟　大	159
欧洲之旅	160
阿尔卑斯山下雪了	161
两个小木人	162

○ 那就是你

那就是你	165
风　铃	166

忘　记	*168*
不小心（三首）	*170*
有　感	*174*
远　山	*176*
母　亲	*178*
风	*180*
山　风	*182*
我　在	*184*
聚	*185*
你是一本书	*186*
你是一幅画	*188*
感　冒	*190*
2·14	*192*
（情人节）	*194*
清　明	*196*
了　解	*198*
简单的幸福	*200*
悼阿翁	*202*
感　动	*204*
无　奈	*205*
三十了	*206*

上　学　　　　　　　　　　208

曾　经　　　　　　　　　　210

身　体　　　　　　　　　　212

雨停了（二首）　　　　　　214

力　学　　　　　　　　　　216

母亲的蓑衣　　　　　　　　218

○ 附　录

民生之美（歌词）　　　　　223

老夫子（歌词）　　　　　　225

三江的传说（歌词）　　　　227
　　（Legend About Three Rivers）

师者李叔同先生　　　　　　229

现代诗《织》赏析　　　　　233

推荐阅读书目　　　　　　　238

青春之歌

Songs of Youth

思念　春天的故事

哲学笔记　雨季速写　黝黑似我

乡间的小路

真理所在

真理年少吗
若年少
他是男孩还是女孩

真理年长吗
若年长
他须发是黑还是白

真理若老成
该把世间的不平裁定
真理若稚嫩
也该把人间的纷争牢记

听 雨

夜深
闹钟响
邻床鼾声不断
听窗外
细雨儿绵绵
让我思故乡

丘陵地
鱼米乡
一年四季雨涟涟
教我行
送我出故乡

阔别已多年
村旁小溪
屋后竹林
父老
乡朋

几多思念!

雨声住
钟儿仍响
雄心既在
游子梦回故乡

注:二十世纪八十年代,大学本科即将毕业,同班同学均已分配落实工作,而我因考上研究生还需继续深造,不禁充满感伤和困惑。后同。

你是谁

你是谁?
你悄悄地来,虽有些面熟,
可我不理睬。

你说什么?——
"周围很冷寂,
屋里空无一人。"
去你的吧!
我心
可很充实,
很愉快。

虽然,曾经,
你陪伴了我,
在那——
云锁雾密的时候,
可如今,
你看大地正要葱绿,

……

请你快些儿走开!

月　夜

我紧靠着树，
你也紧靠着树；
我感觉到了
树的震颤，
你也感觉到了树的震颤。
"沙……沙……"
是叶子的雀跃，
婀娜的，是那枝条的媚影。
月色的娇柔浸透着
我
和你，
……

这世界啊，
真是美丽！

无　题

外头多么静，
我听到了婉转的歌声，
我乘风而去，
……
我迈进了园门。

园子多么静，
我窥见了迷人的身影，
我对影而去，
……
那里有半掩的房门。

门里如此空旷，
沉寂中只有一人，
她闭目静思，
可在思念她
心中的郎君？

匆 匆

那天里,
你匆匆来,
又匆匆地去了。
临行时,
你没有看我,
却甩下了几个字,
好难猜啊,
我猜不透你的心思……

眼看着,
时光匆匆地逝去,
而我总盼望着它倒流。
"你能来吗?"
"什么时候才能来……"
我呀,
一个劲地想!

心灵的困惑与终结

搅乱你心扉
我多么地懊悔
那出自内心的深切
却又如何忍耐

使你烦恼
我如何不自愿
可为了游心的驻足
又怎忍得住

忍不住触摸你的双手
忍不住揭开你的面纱
我恨不得化作一片红霞
消融在你秀美的脸颊

赠 别

匆匆离去,
各奔东西。
临行,
道一声珍重,
相依恨别离。
未启程先约归期。

多少日,
朝夕相处。
假师生,
真手足,
惜时光须臾,
诉不尽衷情。

出门雨倾,
刷不尽心中淤积。
问轻泪相含,
何日出涕?

错没错

我想阉割掉脑中的一切
却未承想诗兴大发
不是欢快的抒情
却是深沉的低吟
不该如此，
不该如此！
这就是错！

我想珍收起
从几位新知中所得的
却未承想心飘如云
难得此幸此会
难得此情深意切
原该如此，
还得如此！
这没有错！

挽　歌

我要高唱挽歌
埋葬掉不该属于我的一切
我要敲起大鼓
追求到应属于我的一切
我要挺起这健硕的胸膛
把胸挺得比头还高
我要昂起发达的头颅
决不向任何东西低下
我要伸出粗壮的双腿
把那碍人的山峦踢开
我要迈开规矩的方步
在川河间自由地行走
我是凡夫俗子，没有三头六臂
可我伟大
只因为我的名字叫"自信"

写在书的扉页

在书的扉页
小心谨慎地写下 ——
两个字
心中不免涌出自怜
值得的吗
在几年前
那粉红色的
早晨　谁怀揣着梦想
甜蜜

苦涩的
我满心把它吞咽
求什么呢
在萋萋芒草中
所见的
只是荒凉

如今

木槿树正要吐露新芽
相思果*即将变甜
可它果真能新
果真能甜吗?

注:相思果,又叫杈杷果、健身果,外形奇特似心形,果核非常细小,营养价值很高,一般在4月成熟。此处为泛称。

遇

我遇你时
总有一种渴望
酸甜的
萌动在心间
从那掠过的眼神
或许
你能感觉到其间的
内涵

眸

自由的羔羊
我这样把你想象
当我伸出
温情的手
欲将你触摸
你润脂般的身体
却在我柔曲的指间
滑向一边
让我
空守着
失去你后的伤感

花前絮语

花哟

我立你前

你娇美的容貌，素朴的扮相

拨动我心弦

我恨不得化作一股春风

透入你心

我恨不得融成几片绿叶

衬在你身旁

我竟妒起那蜂蝶

嗡叫在你周围

与你嬉笑

游玩

花哟

春是你的世界吗

我愿做春水

　　来扶你红瓣

我愿是寂月

伴你共眠
即使有一朝
你悄然离去
我也想先化作春泥
托起你
直到你
消亡

思　念

阴雨
从朦胧早晨
下到很深的夜
从我蒙眬的双眼
下到我不眠的遐想
阴雨
伴着我度过了
思念的一天

于是,淅沥中长出了思念
将这份情感传过了红墙
交给
属于它的
另一半

矛 盾

我欲把思绪剪短
怕它拖得太长

我又怕思绪太短
难连接
我给你的思念

疑　问

由两片紧皱的眉头
构成的你
像神秘的幽谷
深藏着你的思想
和你的愿望
把我拒在理解的彼岸
难寻
几夜里不眠构筑成的梦想

不过，我仍一个劲地计算着
需要多少的抚慰
和多少的等待
才可抚平你皱褶的沟壑
让喜悦重漾上你瘦削的眉帘

无 题

像黎明前的朦胧
只有阳光才能够驱散

像数九中的积雪
只有春意才能消融

像春天里的花木
只有暖流才能萌发

像落拓的浪子
只有爱心才能挽回

年　龄

翻一页多一页的页次
过一时少一时的花期
风雨后狂奔直下的溪流
春天里抽了芽,
在秋天落掉叶的枝条

杂货铺里老板珍藏的账册
清晨,在泥泞中踏出的足印
春天里抽了芽,
秋天里结了果的枝丫
经历过爱和失败的人

长者颔下精蓄的胡须
幼者第一声亲昵的呼喊
姑娘初会时
含羞的笑容
小伙子为人父时的手足无措

爱情速写

用低八度的声音和出"月亮"
让纤细的臂肘勾住粗实的腰肢
或者像叶子般轻轻地投入你怀中
上课了
"*LOVE YOU*"开始狂舞
"一起吃饭吧,*MY DEAR*"
"*OK*!"
交替的双腿
"嘀嗒"到深夜

信已经写好,可无法赶走迟疑
胡乱地把信塞进邮箱
然后站了一会儿
风中打量着行人
心情焦虑地回忆昨晚做的噩梦
"要一包烟,带劲点的"
随着呼出口气
空中泛起一串串未知的圆圈

想

深夜,万籁俱寂中不眠的我
忆起你的幻影
—— 是想
想起你的面容
想起你的身影

清晨,泛白清爽的空气里
端坐与伏案抒写
—— 是想
想起你的轻柔
想起你的正直

昨日,我们相遇在樱花树下
彼此无语
可透亮的眼神里蕴含的
—— 是想
想起秘藏的心迹
想托起你娇嫩的手心

记　忆

记忆是阳春三月风筝的线
细细的
将空中缥缈的幻想连接

记忆是现在和过去的桥梁
跨过隔绝
将摇摆的过去挪到你的跟前

记忆也是南方阴晦的小雨
缠绵里
有时滋润了大地
使万物清新
有时却百般无奈
肆泄淫威

黑色的框架

我的生命曾经是富有的
数不清的脚步
和中指上厚厚的手茧
是我富有的象征
可面对一双双迷茫的眼睛
如今我一贫如洗

黑色的框架曾是一扇门
我贪婪地迈进
绝不是为了懊丧地走出
赤裸的我
　　茫然游移在门前
阴冷的风
　　又来自何方?

上妙光塔

风铃叮叮
系在飞檐向天空
寺在人归
景物早改
游人鞍马已不再
古碑残破依稀辨
春也不是春
独留高塔诉春寒

注：妙光塔，位于江苏无锡古运河旁南禅寺。相传古时此处曾热闹非凡，有一段时间却冷冷清清，破败无人问津。到20世纪末经过恢复整治后，现面貌已焕然一新，游人如织，商贾云集，与古运河、南长街、清名桥一起成为江南游览胜迹。

夏夜小曲

当夜幕重重开启
我在梦的广场里漫步
月儿如钩
散发出缕缕皎洁的风
星星被吹得四处散乱
像秋叶
　　　跌进了深渊
只有蛙鸣
　　　和山间小溪
在交织着它们的情诗……

春天的故事

一个寂静的冷风呼号的早晨
一个女孩和一个男孩
到树林里玩耍
启开了深藏的宝盒
于是春带着风逃出了林子
后面是追赶的光

春来到花枝上 ——
花枝吐出了新蕊
春爬到枝头 ——
枝头长出了嫩芽
春又匍匐在床头 ——
孩子呀甜美地步入了梦乡

春躲到这里又躲到那里
于是唤醒了万物
清澈的溪流
新爽的空气

连天边的云霞
也变换了一种颜色

心中的她

我心中珍藏的她
像一片嫩叶
绿了山,绿了水
清新了我家的院子

嫩叶没有变成花朵
也没有结成果
于是,绿陪伴着她的浇灌者
还是一片嫩叶

忽然有一天
西边刮起了冷风
冷风吹皱了嫩叶
又干枯了她
于是,绿给她的浇灌者
只留下了一个梦
—— 一个关于绿色的梦
萦绕在原本清澈的
我家的院子里

想象与记忆

杜鹃花开的季节
外头有风真凉爽
灯光昏暗
亮到深夜
不睡中迎来早早的黎明

公园正花展
伙伴们都去游春
我一本薄薄的册子
记下昏黄的梦
和黯淡的记忆

想一想过去
未来和现在
多么局促
不安
关于它的故事
读了又读
从古读到今
又何时能够读完

想象与事实

想写封信
画一个圈
填上颗心

可我没有写
没有画
也没有填

哲学笔记

请快乐地游耍

别管那烦恼和痛苦

想一想寰宇

会觉得一切皆有秩序

人之于自然

这般可怜无用

一些人的显赫、高贵

无非欺世盗名的谎言

看今朝

世界常有的恶作剧

谁还能说

人类是万物之灵

杜鹃花

杜鹃花开了
雨痴痴地下着
我伫立在街头
对着粉色的
淡淡的
和红红的花朵
就像我的心
半边淋着雨
半边沐浴着
骄阳的光辉

四 月

多雨的四月
那雨
就像是少女的泪

少女开心地笑了
不懂得怎么待我
那笑
却有着无限的温存

雨中随想

天下着雨
你
我
他
披着雨披
大家骑着车
纷涌在色彩里

在纷涌的色彩里
不辨男女
不辨老少
片刻的混沌
弥补暂时的隔阂
很宁静
又清新

雨季速写

昨日你来
带着满脸的无奈
我想你还不如不来 ——
还能留下我一腔的等待

雨季的四月
有时天也放晴
可我仍穿上雨靴，带着雨伞
求着雨洗刷我失望的恐惧

今晨早早起来
空气新鲜
天还下着雨
步出户外很艰难
我伫立在窗前
与雨细细地交谈

一无所有

天色灰蒙蒙似雨非雨
林中雀鸟嘶鸣
游人来了又去了
那边有树还有花

风儿从东刮到西
碰到残破的土墙又钻入小巷
山湖中有鱼,正游来荡去
没有月亮的影子

他来了又去了
搁下杯碟和一地的烟头
留下的许诺似泡影
飞入空中或掉入浅浅的水里

影子远远地离我而去
未留下值得回味的
只有这些文字
静静地躺在秘藏的本子里

黝黑似我

一

吸进苍白的空气
捧起一把把赭色的黄土
将胸中沉积的闷气呼出
那呼出的竟是黑黑的

二

唱一首黑色的歌
晦涩的歌词
低沉的曲调
演唱者用雄浑的嗓音
　　将它歌唱

三

污秽拼命地堆积
没过头顶

想用清泉洗刷

黑黢黢的肌肤

清泉似我

也藏着深深的颜色

乡间的小路

在乡间的一条小路
一些人说它要过百余个峡谷
另一些人说它要过上千个湖泊
一位白发苍苍的老翁说
那是一条什么样的路啊
多少杰出的青年
随着它没有生还

在乡间的一条无名小河
河边停泊着无数村里老人亲手扎成的竹筏
一位步履艰难的老妪说
这是一条什么样的河啊
多少英俊的小伙
随着它没有生还

赠

不觉中
你像已走远
轻轻相唤
才知你还在身边

永恒的
谁曾料这般短暂
你悄然回首
才觉得似有遗忘

那失落的
我又怎敢奢想
长相忆
只望情谊地久天长

为她生日而作

天上有阴云
其实是个好天
你两眼湿润
只为我心意沉沉

你步履重迈出
又一回试探人生
从今后你须欢欣
只为我祝福深深

用你的酥手端起酒盅
来把岁月的彩烛吹灭
生活像醇酒
人生本来似烛

该流露的
你无须抿住
要记住的

你别再感怀
将你的手心按上我的手心吧
情意长长
只因这心心相印
在永恒

伤　痕

我的伤痕这样重
重得我单薄的胸腔里未留下血迹

我说不清
何以受伤
那伤害者
用的是箭
还是什么?

相见又无语

未见面时
想着相见
那般深切
那般真诚

偶然遇着
两眼忽闪
相见无语 ——
这般烦闷

我生来就这样愚笨

我生来就这样愚笨
闷声半晌却说不出个不字
母亲从老外祖父那继承下的迟疑
在她苦苦劳作时
不知怎的
又悄悄地向我传授

我还经常出错
倘若别人相求
尤其会让我分心
当我在大厦间狭窄的通道上行走时
说不清为什么会这般像我的父亲
—— 满手泥泞
也会把路上陌生人扶起

我端起幸福的酒杯

我端起幸福的酒杯
一不小心
未承想
却让它受损伤
怎样后悔啊
这破损的酒杯
将如何把七彩的生活盛起

我只能把我的躯体投入骇人的炉火
烘焙那鲜艳的真诚
借信任的高温
修补这岁月破损的酒杯
却未曾料到
这修补的酒杯
竟有了这般持久的韧度
和它醉人的分量

昨日星辰

Yesterday Stars

路　纳米　老师　企业主
偶遇即景　春天真的到了
天空中一片飘动的云
其实你真的很能干

其实你真的很能干

其实你真的很能干
认识你的人都不约而同地这样想
因为能干
你早早就当上了妇女队长
让我哥过得开开心心
　　悠闲自在
当男人们还在地里摸爬滚打
为一家人的口粮卖命时
你已走出家门
如鱼得水般地
在生意场上驰骋

你和各阶层的人都像是老相识
讲起话来总是滔滔不绝
还挺有根有据
你天生就是做生意的料
谈笑风生中利就跑到了你的口袋
不像我哥,半天挤不出句话来

开个价也会憋红了脸

不过事情坏就坏在你的精明上
如果那天
你不是为了省几块钱去搭便车
如果你不是为了生意过分劳累
你就不会昏昏睡去
竟一直没有醒来……

如今
你的泼辣
我们已渐渐陌生
你的欢笑已成了偶然的记忆
因为你真的很能干
竟让我们不能见到
却能常常想起

我的兄弟是一名企业主

我有一位兄弟
今年四十多了
他没有上过大学
只是个初中毕业生
不是他成绩不好
只因为我爸爸的爸爸家成分不佳
你说,这样子他还能被推荐上高中?
那位公社领导的表妹的亲戚的儿子
理所应当地上了高中
尽管他成绩很差
而我的兄弟常常被
那位从北京大学下放来的数学老师夸

我的兄弟很想继续上学
可是他早早就下地干了农活
后来经济改革,政策放松
与许多人一样
他想着法子碰了许多钉子

昨日星辰。

饿着肚皮
扛着大包
总算走出了一条路
最近,我的单位发下来一张表格
要填写社会关系
我写道
哥哥,男,群众,企业主
我的兄弟成了一名企业主

老 师

仅仅因为他一句真诚的表扬
我记住了
直到今年我已四十出头
我还记着
那令人尊敬的老师

仅仅因为一次他愤怒地抓住我的头发
将我的头颅撞向墙壁
嘴里骂着……
我记住了
直到今年我已四十出头
我还记着
那——
令人"尊敬"的老师

昨日星辰。

An Unsent Card

Meeting by chance is a kind of fortune
One type of feeling is the comprehension
I felicitate our meeting
Although I am expecting we know more about each other
The time that face to face is limited
But the impression is forever
Your temper and your behavior are so attractive
I like them even if I have no more desires
Would you let me know more
and you know about me more
At the chance of get-together
Send you some sincere words
Wish you much more happiness

>> 中文翻译

一张未寄的明信片

相遇是一种幸运
有种感情就称作相知
我庆幸我们的相遇
尽管我还在等待我们更多的了解
相见的时间是如此短暂
可是这印象却会永远
我被你的脾性深深吸引
虽然我对它并没有更多的期待
你能否让我们有多一些的了解
在此相会之际
送上我真诚的祝福
祝愿你有快乐的心情

ATM

ATM 是什么?
是自动柜员机
多么好听
你
轻轻一插
它就透露了你的家底

ATM 做些什么?
刷啦! 刷啦!
它叫你产生错觉
好像
这就是你家的钱箱

纳　米

什么是纳米？
纳米与米是啥关系
哦，不是我给你上物理课
只因为纳米技术现在很热

纳米和米相差十亿
如果米是公公
它有儿子、孙子
玄孙
那么
纳米就是它的玄玄孙

如果这还不明白
那就将你的一根青丝拔下
把它一倍一倍地拉长
于是你无形的心思啊
随着看不见的纳米
……
从地球连到了月亮

昨日星辰。

梁溪桥堍

桥
河
土丘
土丘
河
桥

船
在河里穿行
长长的
是懂水性的列车
驮着砂、石、砖、米……
呜……呜……
显摆它的神气

土丘
土丘上种着树
还有花和草

是年轻的幼儿园阿姨
被许多稚嫩的小手簇拥

桥最辛苦
总弓着背
任凭
人流
车流
匆匆
低声呻吟
或许是由衷的欣慰

注：梁溪因江南名儒梁鸿而得名。梁溪桥位于京杭大运河无锡段无锡市区境内。

长龙头

绕过弯弯曲曲的山路

有几辆车　一群人

进到了大山深处

一个叫长龙头的地方

零星点缀的一幢幢木屋

遭遇了喧闹

荒废的层层梯田间

多了几个陌生的荷锄人

长龙头不再孤独

成片的竹林

夹着残冬留下的黄褐斑

怯生生地冒出了头

张望

峻岭上

杜鹃花旁成对的采花人

笑声回荡在长龙头

长龙头的老人热情地张开了他粗壮的手臂

款待他归来的儿子
大山以它原始的胸怀
吻了吻
正离它远去的人

秋　花

秋天里开的花
白花花的
如满仓满屋的银子

银子借了纺织女工的巧手
长得越来越长
越来越细
连到了北京
连到了纽约

罗拉是一张贪婪的小嘴
它不喘一口气地吸着　吸着
锭子　是更快的陀螺
不知疲倦地转　转
银子就这样经受了磨炼
慢慢地长　长
长得越来越细
越来越长

连到了老人
连到了小孩
连到了姑娘
连到了小伙

春天真的到了

冬去了
在去年与霜战斗中殉职的躯体里
小草怯生生地探出了嫩芽
这时
梅花早已张开她粉红色的微笑
笑声洒遍了梅山　梅谷　梅海
桃花也来了
兴致勃勃地
一朵　两朵　三朵
全不顾叶的嫉妒
点缀在历尽坎坷的枝头

油菜花　竟没有一点点小草的羞涩
像伙伴们招呼过似的
齐刷刷地
一串串　一簇簇
连成了片
金黄金黄的

在绿的家园里
放肆地敞开胸怀
显得格外醒目耀眼

哦,又是一年的阳春三月
却是春游放飞的好时光

让我们去春游
骑上摩托　开着汽车
多带些水　饮料
席地坐卧在草地上
三月的阳光
多么温柔又热情
连风也一改过去的凌厉
不停地传递野趣花香
俯耳细说
冬去春来的故事

快来　快来　快来
看　看呀
大头大脑的小蝌蚪
摇着滑溜溜的尾巴
在清闲了许久的游泳池里集合　开会
小朋友们

卸去了冬装
挽起袖管
久违了的稚嫩小手
与小蝌蚪做着她们才谙熟的游戏
于是
在沙石筑起的沉寂里
吐露出了一张张桃花　梅花　杜鹃花般的小脸
林中的山雀不禁唱道
春天到了
春天到了
春天真的到了

子夜速写

睡眼蒙眬
夜已很深　不宁静
在都市

高架上车流不息
急驰
轰鸣
路上　楼内
　　灯火仍明
常见情侣行人仨俩
兴正健
无眠

我也无眠
却为哪般
为哪般

Unchanged

Yesterday, the sunlight was shinning
Today, it is raining

Yesterday, the water looked just as a mirror
Today, everywhere is the wind and cloud

That day
This day

Last night, love was around your heart
Tonight, affection is not coming
I am your shackles

Car, woman, sex, narcotics
Beauty, vanity, money, alcohol
So many enticements
Everything is changing

Change, change, change

Everything changes fast

Oh! I hope

I wish

Our hearts would be unchanged forever

》 中文翻译

不 变

昨天,阳光灿烂
今天,雨水涟涟

昨天,水面如镜
今天,风云际会

昨天
今天

昨夜,爱意浓浓
今夜,情谊不再
我是你的锁铐

车子,票子,女人,毒品
美女,虚荣,酒精,性
这许多的诱惑
事事都在变

变,变,变

事事飞速变

呀！我希望

我祝愿

我们的心永远不会变

昨日星辰。

有感高速（四首）

一

在车里
我觉车如飞箭

在车外
人见我行如蜗牛

磁悬浮
420 km/h
眨眼间
我从东边扫到了西边

二

喝足了
它快步如飞
空着肚

它笨如铁牛

千万年
日积月累
转瞬间
灰飞烟灭

是利？
是害？

三

小禾生生
促它快长快长

农舍新新
劝它快拆快拆

大楼一幢一幢起着
楼房一层一层空着

土地一寸一寸少着

昨日星辰。

四

7%

8%

10%

9%

国家强了

人民富了

城市多了

环境好了

还有人贫困着

偶遇即景

你依靠着她
她支撑着你
你们缓缓移步
艰难地前行

你一脸呆滞
身体无力
她搀着你
显得力不从心

你一定曾经辉煌
从你高大的身躯、装束可以看出
可如今你缚鸡无力
你得依赖着她
就像她以前依赖着你一样

是什么最终征服了你
成了它的俘虏

昨日星辰。

你是否已经后悔
当初的
年轻气盛

不,不是的
你还是你
你现在挪动的每一步
就像当年的百米冲刺
一样精彩
一样辉煌

别打了

别打了
你没看见
楼已成片地倒塌
孩子们 —— 男孩、女孩
已受伤
他们的父母已经倒下
亲人们已经倒下

US 的战机还在起飞
US、B-52、阿帕奇
装甲车、坦克
重磅炸弹、集束炸弹
轰炸还在继续
战斗还在继续

城市被火光掩盖
电没有了
水没有了

食品没有了
伤亡的人越来越多

世界触到了一个马蜂窝
阿拉伯人愤怒了
美国人觉醒了
游行
示威
抗议
布什在度假
拉姆斯菲尔德在侃侃而谈

布什
布莱尔
霍华德
希望世界不要安宁
他们有的是实力
指挥世界符合他们的意愿
朝鲜战争　越南战争
科索沃　阿富汗　伊拉克
接着是哪里
朝鲜还是伊朗
或者甚至是中国

我已经不安
我们已经不安
别打了
美国！
USA

注：2003年3月20日，美、英、澳等国绕开联合国安理会对伊拉克发动了军事打击（又称第二次海湾战争），推翻了伊方政权，伊拉克人民遭殃，死伤无数，但最终未找到所谓大规模杀伤性武器。至2010年8月，历时7年多，美国战斗部队终于撤出伊拉克。

昨日星辰。

路

题注:车到山前必有路

在山前

有两条路

一条通向寂静

神秘

满足

另一条通向华贵

刺激

激情

路?

县长和他的私生子

县长还没有担任县长
还是个村主任的时候
曾经和村里的一个有夫之妇好过
那女人后来生了个儿子
小的时候也看不出
大了才发现
原来他和他长得几乎一模一样

村里人都心照不宣
当着面谁也不敢言
事情就这样过去
好像什么都没有发生
因为县长后来当了县长

儿子长大了
当着面
儿子从来没叫过县长爸爸
县长也从来没叫过儿子儿子

儿子后来经了商
开了业
也不知哪里来的路子
很快盖起了洋楼
开上了汽车

村里人都心照不宣
因为后来县长还继续当他的县长

这些天我怎么了

这些天我怎么了
心里七上八下
忐忑不安
是谁将我置身悬崖
让我欲下不行　欲上不能

我的心竟如此烦乱
犹如千万只蚂蚁在吞噬我的心肺
你从没经过
你哪里知道
这是什么滋味

难道我的心在着火
心中之火欲将我彻底毁灭
或许我的心正被谁偷掠
我感觉它正一块一块地少去

我的心已是残缺之所

我不能以泪将它凝固
天漏可由女娲补
我受煎熬的心啊
该如何平静

醉酒歌

昨晚一肚烧酒
听一夜蛙声
常起身
看暮色中
车灯如注
星光点点

管它夜色昏沉
喝几碗甘露
将心中之火浇灭

如今　天已放明
遥念妻儿未醒
睡好睡好
寄情晨曦
问一声

昨日星辰。

》附

一剪梅·舟过吴江

〔宋〕蒋捷

一片春愁待酒浇。
江上舟摇,
楼上帘招。
秋娘渡与泰娘桥,
风又飘飘,
雨又萧萧。

何日归家洗客袍?
银字笙调,
心字香烧。
流光容易把人抛,
红了樱桃,
绿了芭蕉。

注:念及前晚酒后醉态完成诗作,发给一上海诗友,收到蒋捷《一剪梅·舟过吴江》和词一首,似有几分对应,故附于此,以共赏。

赠友人

留下几个字吧,朋友
你就要登程

斗儿转
星星移
似才相识
却又分离

再聊一会吧,朋友
却何故
心中叹息

路漫漫兮
行将远
愿携手,共攀登

昨日星辰。

贺

抄几句小诗
贴在这影集里
愿你有诗一般美好的生活
愿同年*将喜悦融进诗

摘几片花瓣
锥在你笔挺的衣角
愿同年有花儿般的色彩
愿你有美好的前程

注:浙江故乡习俗,同龄者称作同年,尤其男孩子,近如亲兄弟般密切,两人甚至两家都会互帮互助,类似异姓兄弟。

三点钟

三点钟
现在是三点钟
我孤独地起床
等待黎明

可是
天还未破晓
夜依然深沉
只有天上的星星
和地上的灯火
散布夜空
伴我静思
等待着黎明

雷　雨

下雨了
滴答,滴答
雨点跌落在窗沿上
也敲击在我心里
有些冰凉
有点痛

一道闪电
划过冷寂的夜空
一闪一闪地
拷问我的思想
还将我的一切劈开

雷,像昔日的恋人
他姗姗来迟
那沉重的脚步声
把我的灵魂撞击

我已非常陌生
我的过去
我的童年
我的朋友
我的亲人
还有我身体的一切!

我的天地（二首）

一

有一扇门
在风中晃动
有一块空间
在我的脑海中
它是我的闺房
我是那闺房里的新娘

我有一头长长的头发
在风中，我每天对着梦梳洗
尘土弃它远行
我小心地把自己抱起
珍藏在我母亲给予的
我的妆奁里

二

别惊扰我
我是沙漠中不屈的骆驼
周围虽然荒芜
可我的花园里
却枝繁叶茂

喂！你是我陌生的朋友吗？
在我盛开的苗圃里
有些花
它听懂了你的方言
快请卸下你的外套吧
进入我的花园
这许多花
将为你开放

你的天地（二首）

一

你是一条鱼
你在你的河流里畅游
摇曳着你的身姿
美妙的身姿
那是你的天地

在你的天地里
你有许多你的伙伴
你用愉快的语言
和它们交往
绽放出你的光彩
那是你的欢乐

二

我是一个陌生的旁观者

我在你的天地外痛苦地思索
我看着你愉快地
摇曳着你的身姿
绽放出你的欢乐
可我没有通行的证件
无法融入你的天地
我只是一个陌生的旁观者

我有一张照片在手边

我有一张照片在手边
那是长长的思念
跨越时间
空间
将我的爱与情相连

那照片也常常揣在我怀里
我能感觉儿子的天真
竟无忧无虑地
透进我的心

我的爱人沉默寡言
全似照片里的她一声不吭
因为我常常把照片放在心上
纵然她不说
我也能明白她的心

邻家的小女孩

邻家的小女孩
她喜欢努着嘴
一双水灵灵的眼睛
时常挂着泪

我家的小哥哥
喜欢邻家的小女孩
总要逗她,惹得
她常常努着嘴
一双水灵灵的眼睛
时常挂着泪

天空中一片飘动的云

天空中一片飘动的云
从一边飘向另一边
霞光照到它的身躯
只映红了它的一侧

云朵在空中不停地飘动
变换着它的形状
我不能捕捉它的躯体
只希望掌握它的灵魂

可是风不停地吹着它
云
似一团迷雾
自由自在地
把我淹没

春日遐想

Spring Leisure Thinking

影子　你　灯语

城市的乡村　绿茶与咖啡

日湖和月湖　爷爷的眼睛

春日遐想

一

一声春雷响了
像阔别久远的朋友
邮来一份久违的讯息
揭示着春的年龄

二

春雨涟涟
像我亲密的爱人
濯我手足
肌肤
慰藉我忧郁的心灵

三

我喜欢春风中探出的棵棵嫩芽

像孩童时母亲赐予的乳汁
种下暖阳
收获无限的温情

四

春雷声声
带来造物主的呼唤
犹如航船的声声汽笛
呼唤着春的脚步
过去　现在　和未来

五

无须那俗套的亲吻
拥抱
只需几滴春雨
来唤醒
滋润
你我心中蛰伏着的
春心

六

我看到了旷野里,枝头上
吐露出的棵棵新芽
新芽初露
荡漾着满目的春情
已不忍细细端详
就怕拨动你我心中沉睡的春意

七

我是一只小小的风筝
被长长的
细细的
　　线牵着
在春日的天空里翱翔
与春风为伍
与暖阳相伴

八

我像一只小小的蝌蚪
被岁月围着
在乍暖还寒的池水里

悠闲地游着
等待成长
等待歌唱

城市的乡村

清新的早晨
清新的你
少一点阳光
却有许多春的气息

你伫立在街头
在这城市的乡村

小白花成片　开了
杜鹃红,红得耀眼
小树盛情地捧出新绿
随风摇曳
柳条儿戏在水边……

你伫立
清新地伫立在这
城市的乡村
守候……

没了冬装

透露出许多春的气息

绿茶与咖啡

来一杯咖啡
浓浓的
啜几口
品味着它的厚实与深沉
别再想
那还透着云雾的清香
那般清澈
轻灵
秀气
虽遭受煎熬
还锋芒毕露
保持本色
纯真

影　子

题注：投在胸口的一道道长长的影子

一

邀一杯咖啡
让它的甘醇
与心中的影子相伴
不要太悠长
不要太神伤

二

影子无形
像风，又像回声
时常追随着月色
婀娜婆娑的柳枝
树影
相遇，却不能捕捉

三

影子有稚嫩的手足
有些像顽皮的
小孩
无拘无束
游戏与淘气之间
裸露出了一身的可爱
纯真

四

不要长大
总保持在童真
少年
哺喂最甘美的乳汁
做
母亲躯体里最幸福的一部分

五

在与不在
有与没有之间
不要太得意

春日遐想。

不必太感伤
像夜色深巷里低回的乐曲
光与声交织
凝重而
细长

背　叛

你身后的那一座座小山
我是了解的
我曾急切地爬上它的背脊
偷看你红砖黑瓦的隐私

你门前的小河
我也十分清楚
我们曾手牵着手
测量你秀美幽深的胸襟

有的时候
我也会穿过那高低起伏、弯弯曲曲的羊肠小径
或者翻过高高的围墙
潜入你家的后花园
为了等待黄昏后
　　你灯光辉映的样子

然而,这已经只是一种记忆

从那个雨夜开始
我背叛了你
我背叛了你的宁静
我背叛了你的秀气
我偷取了你四季的芳香
将它珍藏在我归家的记忆里

日湖和月湖

这个城市有一个日湖
还有一个月湖
月湖很大,几乎占了半个城市
日湖却很小
只是城东南的一个小水塘
这是我从古老的城市地图中看到的

如今,月湖修建得很漂亮
杨柳拍岸
　　　游人如织
可日湖已经消失了
原来的日湖已经没了踪影

日湖为什么消失了
无缘无故地消失了
悄无声息……
月湖却依然健在
没有了日湖

月湖是否还是月湖

这城市是否还是城市

注：宁波古称明州，城里曾有日、月双湖。原日湖干涸被填没，2004年前总缺日湖。后异地建设日湖公园，几经周折才恢复日湖名称。然此日湖非老日湖，殊异。

呼　唤

从西湖上方九溪十八涧流淌下来的几声呼唤
带着龙井茶的雨露
从 *telephone* 的那端传来
我闻到了清香　甘醇
为的是血浓于水的亲情
　　和天性
呼吧　唤吧　唤吧
明明是那双稚嫩的小手
从肉鼓鼓的记忆中伸出
拽住了我的封存
为的是那一份未灭的感动
我想将你举起
迎接那
映照在湖山上的朝霞

春日遐想

叛　逆

是是吗？
不！
是不吗？
是！
肢体正在成长
从几十公分到百余公分
头也慢慢长大了
脑 cell 正在扩张
structure 越来越复杂
I am mine
凭什么你说是就是
肢体正在壮大
mind 越来越复杂
就这样吧
别在意"是"还是"不是"
肢体正在长大
思路将越来越清醒

注：cell，细胞；structure，组织；I am mine. 我是我的；mind，头脑。

昨　日

时间是一柄锋利的刀剑
将昨日的记忆击碎
已无法连接
像空中断了线的风筝
在空中缥缈
跳跃

只不过是几张陈旧的照片了
颜色已褪去
只留下已经模糊的你
我
你已非你
我已非我
时间是个拙劣的化妆师

大桥有感

这里是一条河
一口池塘
还有一口池塘

几幢新旧交错的楼房
蜷伏在小城的一隅

等待出发前的窘迫
那破落的操场
操场边低矮的瓦房
似曾相识
从一条老街找回过去

急切的面容
无改的乡音
匆匆来
又匆匆去了
只是心中飘浮出又一片天空
我不知道那天空的色彩

注：大桥，地名。

爷爷的眼睛

爷爷的眼睛瞎了
在一场劫难中
他的眼睛失去了光明
在四十年前
我还没有出现的时候
他的眼睛就失去了光明

爷爷的眼睛是人为瞎的
那一场劫难也是人为的
他的眼睛本来很明亮
可是因为他正直　有激情
他的眼睛在他还年富力强时
就瞎了
从此他失去了光明
他看不到了世界
和他喜爱的儿孙

他没有了光明
他只能用灵敏的耳朵

○春日遐想○

去感受这复杂的世界
只是它从此只能感受
不能创造
我看到了他流下的泪

我们是他的眼睛
那根拐杖是他智慧的光缆
他的嘴没有瞎
它吮吸着社会
哺育
教育着我们
身边
年轻的一代
爷爷的眼睛没有瞎

你

你是天上的一片云
可以带来欢乐
也可以带来悲伤
我翘首期盼那色彩斑斓的朝霞
收获的却是厚重的泪水

你或许是一阵风
悄悄地来
遮蔽了我的世界
我感受到了你的清凉
却又收获了清幽的寒冷

泪水去吧
融化寒冷

幻想你是一支歌或曲
音色圆润
曲调优美

春日遐想

一如唱诗班唱出的圣歌
在我的天空里盘旋　上升
带去我的灵魂

杨家树记忆（四首）

一

你已老态龙钟
喝足了数百年勺形古井的水
由成片的枫林相伴
蜷缩在山水缠绕的山峦里
漠视外面的一切
世象更新

二

坐在空心的竹排竹椅上
撑着竹篙
喊着山歌
用清澈的溪水照着山林
也照亮了自己
我已变得如此宁静

春日遐想。

三

停船驻足
在浅滩乱石中寻找自己
有棱，无角
朴素，华丽
握在手中
揣摩人世的过去
今天
和未来

四

清丽的"南音"
唱念做打
台前幕后
虽诉说昨日的故事
演绎的，却是今天的
　　恩怨情仇
如此虚幻
又这样逼真

秦屿滩

你是一个港湾
并不雄伟　宽广
却精致　迷人
我沾着清凉的海水
踏着细洁的沙砾
在情侣滩上漫步
从礁石间　窥视
　　大海的深情

海水含情脉脉
一波一波追寻着足迹
追逐你　我的心灵
　　快乐的心灵

这是心灵的港湾
步过崎岖的山岭
　　——人生
我们与大海相近

面向苍茫

辽阔

我们放开自己

拥抱大海

于是

我们不再寂寞

大海也有了灵性

注：秦屿滩位于福建省宁德市福鼎市秦屿镇。

太姥山的传说

石头的故事
在《红楼梦》外流传
穿过峻崖
险洞
超越时空
从远古走到了今天

石头中长出的一对男女
痴情相拥
冒着严寒
酷暑
无惧狮虎猛兽
等待着海枯石烂的日子

太姥娘娘
从登天石上成仙
又下凡了
她风采依旧

栖息在一堆石头的后面
将八方的黎民庇护

注：太姥山，位于福建省福鼎市境内，距福鼎市约30千米，以石奇、洞多、洞险而出名。其标志性景点是"男女相拥石"。

小城故事

一座玲珑的小城
依恋在一条富丽的江边
吸着江风
啜饮着它的晨雾

我踏在空旷的石子街上
与清新的早晨相伴

眨眼间岁月老去
记忆被时间冲刷了
像久别的挚友
时时忆起
恰如一杯淡淡的新茶

我是如此忧伤

我是如此忧伤
我的肉体和精神
在伤悲的泪水里浸泡
煎熬
因为你的离去
我的容颜不再灿烂

我以沉闷的心情
回忆你的过去
回忆你我幸福的时光
如今
那个已经成熟的
青春少年
正慢慢地老去
走向死亡

同学会

七千余次日出
七千余次日落
二十载的岁月在女生们的容颜里驻足
奉献了纯真
羞涩
换来奔放和体验
谈笑间,连接了
今天和昨天

男生们不知何时起
大腹便便
似乎储藏了许多岁月的磨难
抑或是少年的梦想
还没有实现

太阳升起又落下
肩膀上的担子
替换了
昨日的夸夸其谈

春日遐想

游伍山石窟

跨越田野
　　　山水
我走近了你
走进了你的世界

你敞开胸襟
将你的真诚　信任
　　托出
你那古老的胸怀绽放出
今日的光芒

你以你的成熟
冷静
面对昨天
今天
回收心与心的交融
任凭铁钎插入你的胸脯
一片片取走你的身躯

你将指责
　　意见蓄积
成为你胸中不灭的希望
你看着人们将你踩在脚下
虚心
成就他们
昨日和今天的辉煌

注:浙江宁海长街附近有一座石窟为唐朝遗存,系古时采石而留。石窟洞体硕大,潭水清澈幽深,有一瀑布自山顶洞口飞流直下,声如洪钟,如雷贯耳。洞外手书"虚怀若谷"四个大字。

城市、兔子与主人

有几只兔子
没有在养兔场的笼子里
却在我叔叔家的阳台上
兔子一身素装
眯着红红的眼睛
既不淘气　也不文静地
在阳台　客厅　卧室里窜来窜去

这个城市肯定不是养兔场
这幢房子也肯定不是笼子
兔子在阳台　客厅　与卧室里窜来窜去
它肯定走不出这套房子

叔叔退休在家了
他离开了工作岗位
在家养花　看报
还养起了兔子
兔子乖巧　机敏

他把兔子的举止移植到了晨练的太极剑上
我看到了叔叔身上兔子的影子

小飞蛾

一只小飞蛾
它飞到东来
飞到西
飞到那里
又停在这里
我伸出小拇指
轻轻一按
它就没了气息

灯　语

一

那是谁的眼睛
眨巴　眨巴
诉说着心语
将情绪焕发

二

你来自东方
他来自西部
你们民族不同
有不同的肤色
但你们的语言是相同的

三

你用轮箍代表步伐

春日遐想

用光线代表语言

你谙于世故

沉默

却充满情义

四

那是一条光的河流

穿越音节

汇集成你

和我的世界

五

你无须伸出你的左手或右手

自由自在地

在光的河流里穿行

勿需呐喊

只要睁大眼睛

怒斥放荡不羁的狂野

六

面对高高地注视你的眼睛

你有没有觉察出它的深情
当你从短暂的喘息中清醒时
禁不住抖擞精神
向未来进发

七

当遭遇磨难时
你急红了脸颊
当你心平气和时
你安静地闭上了眼睛

八

你是直率的
直率得只有 0 和 1
你是简单的
只凭感觉你可以通达五湖四海

九

许多时候
你也温顺可人
用你会说话的眼睛

投送乖巧
　与亲情

秋日私语

秋天
是风的季节
夹着阴凉
冷却了我的心
我是如此地伤感

早晨的太阳已不见
没有了朝霞
没有了阳光
只有天高云淡的悲伤
平添我几多思念

我的亲人呐
您在何方
我如落叶被秋风扫过
漂泊在他乡
何时能够回还

父　亲

父亲的鬓发花白了
如秋后的霜冻
斑斑点点
将长长的岁月牢记

岁月是一串长长的阿拉伯数字
每跳一格
父亲就老一分

父亲的身躯是他老去的印证
因为伤痛　　他已不再年轻
如今我儿正在慢慢长大
哪一天他才知为人父的艰辛

商 量 岗

那弯弯曲曲
盘旋而上
又颠簸而下的
其实不是山路
是你
　　是我的心情

那白的
红的
或金黄
或清澈的
其实不是 ALCOHOL
是你
　　是我的愁绪
迷茫　紧张与痛苦

皓月下
商量岗上弥漫的清凉

它侵染的
其实也不是肌肤
是你
  是我的灵魂

如今,秋已到了
枫叶正红
那朝阳依然升起
它温暖的
其实也不是大地
是你
  是我的心

注:商量岗,当地方言"相量岗",位于浙江奉化四明山,相传因晋代有三位仙人在此商量建寺弘佛大计而得名。ALCOHOL,酒、酒精。

黄果树瀑布印象（四首）

一

在远远的地方看你
没有看见你的身躯
只看见你蒸腾的气息
冉冉升起
在蓝天白云间
体现你的羞怯

二

行走在你的上方
轰隆隆
轰隆隆
听闻你的呐喊
何以呐喊
只为彰显你的雄健

三

没有走近你时
我看见了你的温柔
流水潺潺
你平静而乖巧

四

我想走近你
你用你的奔放
　　热情
将我吓阻
你的身躯是如此广大
我躲进你的怀中
暗暗思忖
你温顺的模样

你

你
我不认识
可我了解你的
碧眼　金发
诱人的身段
　　　和鲜明的鼻梁

你有你的祖国
和我不同
你有你的习惯
与我不一样
你和我语言不通
不便交谈
可我们也能相通
一种手势
一个眼神
片言只语
还有我们的真诚与思想

春日遐想

无 题

褪去了
世界终于褪去了它复杂的伪装
裸露出它本来的真实
不再虚伪　阴险
但仍是那样贪婪
　　　原始
我不知道
这是发达还是腐朽
在那耀眼的灯光下面
散发着许多黑色沃土的气息
这是原始的气息
却遮盖着现代的面纱
我感觉到了冲撞的震颤
在冲撞中
我踉跄地奔走
我想澄清
　　　清理出方向
却无法澄清
空留下一团散不去的雾云

Vienna

Vienna, 维也纳
音乐的国度
浪漫的都城
多瑙河将你环绕
阿尔卑斯山伴你前行
海顿　约翰·施特劳斯
李斯特　贝多芬
一幢幢建筑物就是一行行音符
拨出春天
弹出英雄
奏出悲怆
还有月亮湖的音乐之声

不夜城

这里是星星的世界
这里是灯的海洋
—— 巴黎
我心中的女神
艺术的圣地
时尚的殿堂

我来到了你的身边
圣诞的钟声即将敲响
从流光溢彩的香榭丽舍
我感受到了你凯旋的荣耀
　　辉煌

塞纳河两岸整齐列队
接受爱丽舍宫你的领袖的检阅
埃菲尔铁塔冒着金光
俯视着你的人民
　　守护

卢浮宫金字塔下稀世的珍藏

自由女神,举着火把
照耀着巴士底广场上
传统集市里熙熙攘攘的人群
红磨坊内群情激昂
正上演着一出出
　　　人间的欢乐喜剧
附近街区的豪华包厢里
　　　杯觥交错
来自世界各地的宾客
分享着这里的美味珍馐

在塞纳河畔的旧货摊上
那群失意的艺人
急切地吆喝着经过的游客
百年老街上
街边咖啡馆的门还开着
透过老旧欧式建筑的门窗
我看到了
有三五男女静坐
白炽灯散发出昏暗氤氲的光

美酒　　咖啡

歌舞　霓虹
混合成了这不眠的都市
——巴黎
我心目中的不夜城

伟 大

其实你并不伟大
我不是
他也不是
那么怎样才伟大呢?
你 我 他
联结在一起
才是伟大的

欧洲之旅

Paris Luxembourg Hamburg
Berlin Nuremberg Vienna
教堂　宫殿　铁塔　古堡
塞纳河　莱茵河　匹克尼兹河
麦田　草地　农舍　牛场　市场
高鼻子　蓝眼睛的人群
晴朗的天空
和转动着的风车
别样的语言
吃不惯的西餐
还有
还未了解的异国风情
……
这就是我的欧洲之旅

注：*Paris*，法国巴黎；*Luxembourg*，卢森堡；*Hamburg*，德国汉堡；*Berlin*，德国柏林；*Nuremberg*，德国纽伦堡；*Vienna*，奥地利维也纳。

阿尔卑斯山下雪了

阿尔卑斯山下雪了
那是蓝天上一片片白色的云
白云覆盖了大地
森林
古老的城堡
和俏丽的教堂
演奏出一首首美妙的音乐
还有那回荡在
古城上空的钟声

两个小木人

在 *Pattaya* 山的顶上
有两个小木人
一个男的
一个女的
在风中交替地晃着
俯视着 *Pattaya* 的海湾
以及蔚蓝蔚蓝的大海
我忽然觉得
那两个小木人像是亚当与夏娃
他和她互敬互爱创造了子孙
又彼此不停地争斗着
迎着宇宙和 *Pattaya* 的风
带着温暖以及沁人的寒气

注：*Pattaya*，泰国芭提雅。

那就是你

That is You

风铃　曾经　忘记

你是一本书　感冒

雨停了　母亲的蓑衣

那就是你

有一首歌
它在清新的早晨
从群山环抱的田野响起
伴着珠露
伴着炊烟
瓜田
月影
那就是你

有一支乐曲
它在城市斑驳的黄昏响起
穿过低矮的小巷
伴着昏暗的霓虹灯光
还有悠闲的人群
款款而行
闪烁
情切
那就是你

风　铃

一串风铃悬挂在空中
丁零　丁零
不是清晨催起的钟声
而是心里惬意的微笑

一抹飞霞落到她的脸上
那是朝霞
或者是黄昏
我钟情于春意的浪漫
不一定有花朵
彩蝶
哪怕是惊雷
细雨
那就是得意的人生

丁零　丁零
清脆而细腻
如同你的美丽

我的深情

一种闲适

浪漫

犹如蓝天里的白云

挥洒

正如人生

那就是你。

忘 记

划一根火柴
将记忆里的枯草烧尽
怎能说清
为什么
记忆如青草般从粉碎的灰烬中冒出
带着青春
带着得意的春天的微笑

怎能忘记
那匍匐着的青草的亲密
草尖上晶莹的露珠
犹如少女脸上怜爱的泪水
在鱼鳞般斑驳的湖光里
被黄昏的微风轻拂
送给湖山边宁静的落日

割草机残留下的气味
在黄昏中渐渐远去

没有了湖光山色
没有了古刹村落
只留下几座昏沉的亭榭
和那石栏边求索的记忆
这是我们的喜悦

那就是你。

不小心（三首）

一

很小心
却总不小心
学识
生性
疏懒里有的是智慧
勤奋

不是不小心
蹒跚时
记记跟斗
那是成长的学费
学费

不是不小心
成长中
一次次挫折的冷漠

就是人生的馈赠

馈赠

小心

小心

Be careful of your front

Pay attention to my back

小心

Every step

大人

小心踏出

Every jump

不小心

笑傲人生

二

不小心

左脚踢到了右腿

不小心

他踩到了您的右脚

一声尖叫

一句道歉

那就是你。

自己恼怒着自己
一声叹息

一片秋叶
从高枝上落下
不小心
它飘向了您的额头
您庆幸它不是坚果
或者
如高速上的飞铁
不用叹息
就如衣袖上的浮尘
轻轻掸去
还是一样的豪情

三

从 A → B
又从 B → C
然后
人生
如平静的湖面
没有波涛
飞瀑

只有有些心疼的涟漪

或者

静若处子

伴着微微的喘息

一种脉动

从拍子到小球

又从小球到大桌

跳动的不光是小球

舞起的也不仅是臂膀

车轮滚滚

霞光依然

那许多的感悟

慢慢积起

竟深深如也

一种追求

责任

注：*Be careful of your front*，小心前边；*Pay attention to my back*，注意后面；*Every step*，每一个台阶；*Every jump*，每一次跳跃。

。那就是你。

有　感

有的是物质的，
有的是意识的。
有的是实在的，
有的是表面的。

有的是真实的，
有的是虚幻的。
有的是真诚的，
有的是虚伪的。

有的是久远的，
有的是短暂的。
有的是急迫的，
有的是平和的。

有的是善良的，
有的是蛮横的。
有的是快乐的，

有的是痛苦的。

有的是创造的,
有的是娱乐的。
有的是无义的,
有的是有情的。

那就是你。

远 山

我想忘了它
忘了那边远的
山
景
枝条
　　和它起舞的女子

让我忘了它
忘了它的
容颜
只留下心灵
　　忘了它的
脚步
只留下声音

尤其是
它的多情
还有我的

目光
记忆
从气味
到文字
以及它的色彩

可是
我怎能忘记
无法忘却
就算用一生
　　用脑力
与它亲密
用我最真挚
　　纯洁的
鼻
唇
去感受
去吸吮
　　幽谷里
涧水的清澈
　　静谧
　　山风
偶然的辽阔
和辽阔的偶然

那就是你。

母　亲

在山岙和山岙之间
是山脊
在山脊和山脊之间
是山岙

风
山风
悠悠地
欢跳着
　　亲抚着父亲和母亲的
背脊
抚慰他们劳苦的身躯
　　和他们沉默的思想

在山峦和山峦之间
是山谷
在山谷和山谷之间
是山峦

阳光
辣辣地
徘徊着
从山的这边
挪到山的那边

日子啊
总是太过直接
区分着阴
和阳
我在这边
母亲在那边

风

风
是一种语言
是你一张张的作品
表情
是若干年前流行的歌
千年之狐
之情

情与命运分离
白云悠悠
衣袂
飘飘

这是你的白云
你的飘
你的郝思嘉
Gone with the wind
在命运的

河流里

流动

过招

注：Gone with the wind. 随风而逝。

那就是你。

山　风

你是一缕会说话的风
从岁月的那边飘来
用你的秀发
言语
温情
甚至
安静的
和气的
思想
样子
专注地注视着
　　从心底里散发出来的
　　山谷里的歌声

你是一抹黎明的清凉
从西伯利亚的季风中飘来
用你的眼睛
镜框

飘洒着你的衣袖

善良

和美好

那就是你。

我 在

你喜欢我
我在
我望着你
默默地
你的秀发
你的面容
尤其是你的微笑
埋藏在心里
为你保存

如果你恨我
我在
我望着你
默默地
你的秀发
你的面容
尤其是你逐渐少去的微笑
埋藏在心里
替你拾起

聚

我走着
双腿与臂膀呼唤着
朝向你的方向
我与你的距离越来越近

我坐着
车轮
契合着
与泥土
与目标
不一定顺畅
忐忑
只要内心
跨越身体的距离

那就是你。

你是一本书

你是一本书
一个字一个字地深邃
一个字一个字地独立
你用无声的语言
读出人生的阅历
才情
有识而不张扬
有感却安静如初

你的确是一本书
一行字一行字地思想
一行字一行字地前行
行动
你用情感连成了句子
用岁月　构成了主题
装点了生活
文如其人
在字里行间付出

去爱
或者被爱着
有梦而又实际
独立却又依偎
理性
却又机灵

那就是你。

你是一幅画

你是一幅画
是国画
淡雅　隽永
工笔
写意

用祖先为纸
用现实为墨
绘出你的父老
乡亲
爱恨情愁

你是一幅画
是油画
水彩
你在纸　布里游走
用油　墨为食
与山　水为邻

你的深情就是细腻
你的洒脱就是表达
画里见真
一笔知秋

那就是你。

感　冒

我感冒了
犹如单位里的事物
酸酸的
有些发炎的味道
可是
还没有找到对症的药
糖浆没有用
板蓝根也没有用
抗生素也不能总用

你也感冒了
从你的声音里
我感觉到了你鼻塞的样子
我曾经提醒过你
美丽代替不了温度
就如激情不能掩盖理性

从你的姿态里

我看到了你的无力
无奈
犹如空气里弥漫的霾
用板蓝根没有办法防止
也不能总用抗生素

我头还是痛
因为我的感冒侵入了我的肌体
血液
犹如它占领了机构里的很多角落

我早早就醒了
寻找着治疗
解决的办法
可是
正如人心不是一天变化的
病毒也在我身体里
潜伏了很久

那就是你。

2 · 14

Loving, lover
2 · 14
The day, my dear
Every year the rose
The chocolate
The occidental words
The oriental phrases
Just as the warm wind
softly breeze to you
and me
As your heart
my heart
my sweet heart

Lover, loving
Dear boy
Dear girl
The same feeling

to you in mine

in your mother, father

As you know

The bring up

The apprehend

The attention

with going grey ageing affectionately

Day by day

Year by year

Just because of you

for you

。那就是你。

>> 中文翻译

情人节

爱,爱人
2·14
这天,亲爱的
一年年的玫瑰
一年年的巧克力
这西方的词汇
这东方的节拍
像暖风
温柔地
吹拂着你
和我
正如你的心
我的心
甘甜如饴

爱人,爱情
亲爱的小伙

亲爱的姑娘
这同样的感受
驻扎我心
父亲,母亲
如你所知
抚养
理解
关心
深情中老去
一天天
一年年
爱着你
为你

那就是你。

清　明

这个清明没有下雨
只有阳光
长出嫩芽的柳条
桃花
油菜花
还有菊花
母亲的坟前
很像其他亲人的
我们默默地
呼唤了几声
献了几盆鲜花　金黄色的菊花
不知母亲是否已经感受到

2017年的这个清明
没有下雨
有的只是阳光
春风
桃花　油菜花……

柳条
还有父亲欣慰的微笑

我儿子还在读书
他那天笑着说
开开心心生活下去
是对奶奶最好的纪念

了　解

我忽然了解
伊
光有美貌是不够的
有迷人的身材是不够的
甚至
有美妙的声音
温柔的性格
举止
也是不够的

我承认
我代表许多的 men 承认
人们喜欢伊的美丽
喜欢伊的温柔
我也经常看到某些人
毫无顾忌地献媚
和完全装饰出来的殷勤
为了他们心中的目的

说着连他们自己也不相信的话语
可是伊们却相信了
可是
我忽然了解
伊
光有美貌是不够的
光有迷人的身材是不够的
它会迷惑时间
迷失空间
如果伊有足够的智慧
头脑
那世界将会更加
和谐
美丽

这啊
不是我阿Q精神
我承认我喜欢美丽
可是我更热爱
智慧

简单的幸福

你心花怒放
在这春的早晨
我投去羡慕的目光
四个轮子的安逸
全没有两个轮子的幸福

你如路边盛开的花朵
粉色
金黄
纯得透彻
醉得迷人
你有一脸的愉快
你有一身的幸福

赶早
你没有赶早的窘迫
烦恼
你没有选择的烦恼

你怎会如此轻松

笑容没有修饰

你轻轻地依偎

不去担忧路途的坎坷

你这般信任

定然忘记了早春的寒冷

你一袭简洁的装束

却拥有了

最简单的幸福

。那就是你。

悼阿翁

经得起磨难
敌得过沙龙

橄榄枝　您满心欢喜
枪杆子　您紧握手中

您以阿拉伯人民为圣主
世界人民将您视为神灵

在炮火中　您挑灯忙碌
在废墟中　您偷享阳光
您能化敌为友
共创和平
您能不畏强手
痛斥强权！

如今您撒手而去
满含期待

未竟的事业
留待后人
安息吧
阿翁!
沙龙将与您在九泉下相会!

注:亚西尔·阿拉法特,巴勒斯坦政治家、军事家,首任总统。他在极其艰难的情况下,抵抗美国和以色列的压迫,带领巴勒斯坦人民为争取恢复其合法民族权利进行长期不懈的斗争,鞠躬尽瘁,死而后已。2004年11月11日,他在法国巴黎溘然长逝。

那就是你。

感　动

流光与夜嬉戏
惊动了树梢
树梢东张西望
透过玻璃窗
窥视我们的心情
一份喜悦
一份忧伤

一扇精致的小窗
承载着记忆
钢琴响起
一支悠扬的心曲
从风中飘过
那是怎样的故事

无须回避
那曾经的感动
只需几次温柔的呼吸
就能想起

无　奈

一股清泉
从山涧里流出
我不知它流向何方

你拔出无情的利剑
欲将它
拦腰斩断

溪水依旧
几片枫叶
从萧萧的树梢落下
漂荡在溪水上
如此失落
又这般无奈
任命运飘摇
荡漾
在清凉的秋水里
在无奈的寂寞中

三十了

一年　一年
又一年
了
这岁月
走过了多少个轮回
春　夏　秋　冬
从故乡
到异地
——是异客！

不需要
为了立而拼命
不需要
为了牵手
而委屈
年龄　年龄啊
你只是地球留给太阳
的记忆

如同我与母亲

父亲

围坐在盛满饭菜的圆桌边

细述着异地的辛劳

和欢欣

那就是你。

上　学

这一天
总是在秋季的
这一天
像个节日
学校的节日
家庭的节日
妈妈和爸爸的节日
孩子的节日

爷爷奶奶
外公外婆
早早地,早早地
备好了色彩斑斓的书包
——大的,小的
　　重的,轻的
文具盒,纸、笔
那是一张张白纸
是天真

没有任何的伤痛
泪水
等待着
时间、老师
去描绘

。那就是你。

曾　经

曾经在白天
清醒的时候,相约
去向远方
按照心灵的方向
无论是向东
还是向西

曾经在相遇的时候
相约
去流浪
按照个人的步伐
无论是天空
还是大海

曾经在花开的时候
相约
去向明天
按照对方的期待

无论是男人
还是女人

曾经在黄昏的时候
相约
不去远方
按照上帝的旨意
无论是春天
还是冬天

那就是你。

身　体

这或许是一个哲学问题
有关生命
　　　生物　生物体
事关人类
　　　人
　　　人的意识
　　　大脑
　　　母亲　母乳
　　　习惯
　　　自身
　　　和内心

这也是一个科学问题
涉及身体
　　　构造
　　　机体　组织　结构
涉及细胞
涉及精子　卵子

胚胎

从一个细胞

到成千上万个细胞

从活的　到死的

原始的

或者是人造的

纯粹的

或者是混合的

难以厘清

明白

人

那就是你。

雨停了(二首)

一

雨停了
它收起了电闪雷鸣
用一种果断的方式
Just as a man
该放就放
说收就收了

天空
闭目　养神
像经历了许多　许多的人
没有意外
没有痛苦
也没有太多惊喜
它已经习惯了

二

雨停了
我该怎样记住它
记住它的直接
固执
没有一丝含糊

我该怎样体会
它的孤注一掷
奋不顾身

我该怎样聆听
聆听它
生命的赞歌
和悲歌

注：Just as a man，就像个男人。

那就是你。

力　学

我尽力了
我用臂
用腿
用肩　用背
用身体里流淌的一切血液
从心脏到末梢
为了你的光顾
也为了你的离开

我的力量是原始的
用砾　用叉
用万年前先人
原始的工具
石坠
木镞
用原野里的天火
枯枝
为了你的青睐

也为了你的背叛

我的装饰极其简陋
我是古老的
就连我身体上所有的一切
都来自自然
没什么条理
没什么讲究
连那个力学的支点也如此简单
在遇到它的时候
就遇上了它
为了你的成全
也为了你的放弃

那就是你。

母亲的蓑衣

九月
是收获的季节
喜悦的日子
怎么会有雨天
怎么会有泪水

斗笠　蓑衣
在母亲的身上
像战士的铠甲
无法抵挡
游子的远行
别离

熟悉的　泥泞的道路
为什么显得这样长
偏远山村的长途汽车真少
生产队里那头唯一的耕牛
脚步蹒跚

趁着阴雨天
让它　补充一点能量
母亲　您必须
用您几十斤的躯体
挪动着它数百公斤的分量
虽然您还流着泪

"这是喜事"
"这是最最高兴的事"
村里贴心的乡邻都这么说
你家儿子要去远行
您真有福气
这么多年的努力
辛劳
周折
期待
终于看到了田埂上豆子
开花结果的时候
一个土生土长农民的孩子
很快就要拿到居民户口
变成大城市里的人
……
可是
母亲还流着泪
从昨夜流到了今天

那就是你。

附 录

民生之美 老夫子

三江的传说 织 李叔同

歌词:

民生之美

那是一种体贴,
那是一种关怀,
那是母亲无私的情感,
将她们的孩子紧紧温暖;
那是父亲真诚的话语,
<u>丝丝</u>入扣,
循循善诱,
将我们感动,
让我们清醒。

田野里,
一朵一朵的花朵
朴实的
正如她的纯洁。
一缕一袭的飘柔,
不仅是美丽女工的勤劳,
更是设计师们的精彩。

啊，民生之美
世界时尚之都的 T 台上有你的身影；
富贵华丽的殿堂里有你的足迹。
寻常百姓喜欢你，
国际高技术的竞技场需要你。
啊，民生，民生
那是人民生活的追求；
那是人民生活的根本；
我要歌唱你啊，
民生之需，
民生之本，
民生之美！

（注：此歌词曾参加 2010 年作者单位组织的歌词征集大赛获得一等奖，并选送省里入围参加教育部"教师之歌"征集评选。）

歌词:

老夫子

(唱)嗯,啊,嗯,啊!
　　头天晚上妈妈肚子疼。
　　嗯,啊,嗯,啊!
　　送到医院很快生下我。
　　嗯,啊,嗯,啊!
　　刚生下的我什么都不懂,
　　刚生下的我什么都不懂!

　　3岁不到就上了幼儿园,
　　4岁5岁上了中班,
　　5岁6岁上了大班,
　　7到8岁做了小小读书郎,
　　妈妈教我要说"老师好"。
　　a o e i u ü,
　　b p m f d t n l;
　　a o e i u ü,
　　b p m f d t n l;

（转长音）a-b-c-d-e-f-g！

（说唱）养不教，父之过，教不严，师之惰。子不学，非所宜，幼不学，老何为？玉不琢，不成器，人不学，不知义。

（唱）上完了小学上中学，
上完了中学考大学。
中学的老师很唠叨，
管的东西比老妈还多。
大学的老师很潇洒，
传授给我知识，
还给我翅膀！

（重复）

（说唱）养不教，父之过，教不严，师之惰。子不学，非所宜，幼不学，老何为？玉不琢，不成器，人不学，不知义。

（唱）上完了小学上中学，
上完了中学考大学。
中学的老师很唠叨，
管的东西比老妈还多。
大学的老师很潇洒，
传授给我知识，
还给我翅膀！
传授给我知识，
还给我翅膀！

歌词：

三江的传说
(*Legend About Three Rivers*)

（第1遍）

奉化江畔，

四明山的清泉传唱着创业的激情。

姚江旁，

河姆渡的种子记录下默默耕耘的收获。

从这里启航，

蔚蓝色的港湾有我们古老的海上丝路；

在这里成长，

褐红色的技艺是那百余年的辉煌。

菁菁校园，

和谐家园。

锦瑟年华，

我为民生。

（重复）

菁菁校园，

和谐家园。

锦瑟年华，

我为民生。

(第2遍)

By the Fenghua River,
spring from Siming Mountain impressed by
the creation passion.
Beside of the Yao Stream, grains in the Hemudu
Site record the ploughed gains.
Sailing here,
the blue gulf has our historic Maritime Silk
Road.
Growing up here,
Maroon techniques are the centennial
resplendence.
Luxuriant campus,
Harmonious homestead.
Bloom years,
Being subsistence.
Luxuriant campus,
Harmonious homestead.
Bloom years,
Being subsistence.

(注：此歌词曾参加作者单位组织的面向全国征集的校歌歌词大赛，获得二等奖。)

师者李叔同先生

不敢轻易评述学者、大师,然而感动和体会却是经常的。

作为工科出身的学子,与文学有缘是一种难以言状的幸福。节假日和劳作之余,拾起案头和床边放着的一本本或厚或薄、或疏或密的"大书"或"小书",的确是一件很惬意的事。虽然这种惬意同长时间的劳累和心力交瘁相比是那样短暂,不过正因为其短暂,显得弥足珍贵。

最近突然对李叔同先生,即弘一法师,产生了兴趣。饭前饭后逛书店淘了几本比较少见的有关他的书。一天几页慢慢翻来竟也快读完了。忽然有了点感想,或许是感动,很想跟人聊聊,或者希望其他人也产生点相似的感想与感动吧。

早闻弘一法师才华横溢,诗书画均绝,而知道弘一法师就是李叔同,也就是"长亭外,古道边,芳草碧连天……"这首被唱了好几代、许多年的老歌的作者却是后来的事。于是乎,对弘一法师更加崇敬,佩服得五体投地,"李叔同"这三个字也深深地印在了脑海中。

李叔同先生,名文涛,字叔同,号息霜,又号漱筒,1918年出家后,法名演音,号弘一,因此人们常尊称其为弘一法师。

弘一法师原是一个官宦富家公子,1880年农历九月二十日出生,1905年秋留学日本,是中国第一位学绘画和音乐的留学生。1910年秋回国,先后在天津、上海、杭州、南京等地任教。1942年10月圆寂,享年63岁。李叔同先生自幼聪颖过人,才气横溢,年轻时即在文学、诗词、音乐、戏剧、绘画、书法、篆刻等方面都有精深的造诣,是一位多才多艺、学贯中西的艺术大家。他把国外的绘画、音乐、话剧介绍到中国,培养了包括著名漫画家丰子恺、著名国画家潘天寿等在内的许多新一代的艺术人才,是中国早期的艺术教育家和新文化运动的先驱。1918年突然出家后,他舍弃了除书法外的其他所有爱好,专修佛教诸教派中最难修的律学,成为佛教界备受尊敬的律宗大师。

李叔同先生崎岖的一生让人感动,然而更感动我的则是他的为师之道和对事对人的极度"认真"。丰子恺先生在弘一法师圆寂后167日所写的《怀李叔同先生》的这篇追忆文章中这样写道:

距今29年前,我17岁的时候,最初在杭州的浙江省立第一师范学校里见到李叔同先生,即后来的弘一法师。那时我是预科生,他是我们的音乐教师。我们上他的音乐课时,有一种特殊的感觉:严肃。摇过预备铃,我们走向音乐教室,推进门去,先吃一惊:李先生早已端坐在讲台上……讲桌上放着点名簿、讲义,以及他的教课笔记簿、粉笔。钢琴衣解开着,琴盖开着,谱表摆着,琴头上又放着一只时表,闪闪的金光直射到我们的眼中。黑板(是上下两块可以推动的)上早已清楚地写好本课内所应写的东西(两块都写好,上块盖着下块,用下块时把上块推开)。在这样布置的讲台上,李先生端坐着。坐到上课铃响出(后来我们知道他这脾气,上音乐课必早到。故上课铃响时,同学早已到齐),他站起身来,深深地一鞠躬,课就开始了。这样地上课,空气严肃得很。

有一个人上音乐课时不唱歌而看别的书,有一个人上音乐课时吐痰在地板上,以为李先生不看见的,其实他都知道。但他不立刻责备,等到下课后,他用很轻而严肃的声音郑重地说:"某某等一等出去。"于是这位某某同学只得站着。等到别的同学都出去了,他又用轻而严肃的声音向这某某同学和气地说:"下次上课时不要看别的书。"或者:"下次痰不要吐在地板上。"说过之后他微微一鞠躬,表示"你出去罢"。出来的人大都脸上发红。又有一次下音乐课,最后出去的人无心把门一拉,碰得太重,发出很大的声音。他走了数十步之后,李先生走出门来,满面和气地叫他转来。等他到了,李先生又叫他进教室来。进了教室,李先生用很轻而严肃的声音向他和气地说:"下次走出教室,轻轻地关门。"就对他一鞠躬,送他出门,自己轻轻地把门关了……

李先生用这样的态度来教我们音乐,因此我们上音乐课时，觉得比上其他一切课更严肃。同时对于音乐教师李叔同先生，比对其他教师更敬仰。那时的学校，首重的是所谓"英、国、算"，即英文、国文和算学。在别的学校里，这三门功课的教师最有权威；而在我们这师范学校里，音乐教师最有权威，因为他是李叔同先生的原故。

　　李叔同先生为什么能有这种权威呢？不仅为了他学问好，不仅为了他音乐好，主要的还是为了他态度认真。李先生一生的最大特点是"认真"。他对于一件事，不做则已，要做就非做得彻底不可。

如此生动有趣的文字，出自一名学生之手，献给他的先生，犹如几小幅简练风趣的漫画，彰显了师者李叔同先生的"严肃""温而厉""认真"，因此学生"对于音乐教师李叔同先生，比对其他教师更敬仰……而在我们这师范学校里，音乐教师最有权威，因为他是李叔同先生的原故"。"李先生一生的最大特点是'认真'。他对于一件事，不做则已，要做就非做得彻底不可"。

　　哦，原来"认真"就是为师之道、学者之道，是先生所需、学生所需，是我们每一个人人生的需要。严于律己，"温而厉"地对待同学，从小事教起，谦卑所以权威，言教不如身教。聪颖过人、才华横溢的李先生尚且如此，吾等岂能不倍加认真呢？

　　开卷果然有益！

现代诗《织》赏析

刘川创作的诗歌《织》原载于《诗潮》(2001年第7—8月号),当年被中国诗歌界权威专家选为中国2001年度最佳诗歌。因为与纺织、针织有关,现推荐在这里,供大家一同欣赏。

织

梦中或失眠
我的虹膜总被一束光线刺穿:
穿蓝布棉袄的祖母,伴着一盏疲惫的
油灯,从空中线轴上扯下绒线。

雪花填入巨大的黑暗。那木质的
老迈的机器吸入又吐出她的劳作
转动的星辰中,一只纺锤
晃动着,一寸寸缠起她的夜。
而洁白的曙光,是从她的发髻开始的!一个
早晨,她把一生留在半块棉布中。

12瓦的节能灯泡下,母亲继续。
她同样强壮、孤寂、温柔而细腻
当红润的手变得粗糙,却
握满了全世界的温暖的语言,她在织。
她又旧又破的衣衫却穿了多年。

当她颤巍巍起身,那钟摆是如何置入
无辜者的身体?她的虹膜在阳光中收缩
在正午最亮的时刻,她突然
看见黑暗。我们平静地给她换上
新衣。却发现,她还穿着她的皮肤——
这件满是皱褶的衣服:那皱褶里
 隐藏着岁月的秘密。

我的妻子,如何继承了那些线,晚饭后
在沙发上坐着,顶着日光灯专注地为
两岁的女儿打一件毛衣。

女人,你慢一点,慢一点,织那生与死。

  这是一首刻画继而歌颂女性的诗。它以一个平常而简洁的字——"织"为标题和主线,将不同时代的女性——祖母、母亲、妻子甚至女儿贯穿在了一起,从独特的视角刻画并歌颂了女性,尤其是中国妇女们吃苦耐劳、节俭、无私等伟大品质。全诗仅26行,然而作者对女性辛劳方面的刻画却是深刻而具体的。如同许许多多的子女一样,作者对祖母、母亲操持家庭的艰辛及对生活索求的稀少有太多真切的感受,因此诗才写得这样真实、感人,自然引起了读者的共鸣。这是一首当之无愧的中国年度最佳诗歌作品。粗略地分析,至少它在以下几方面把握得很好。

1. 作者刻画女性选择的视角是独特的。他从生活中女性最普通、最平常、最具代表性的手工劳动(创作)形式之一"织"(手工纺织或编织)这一独特的视角刻画并歌颂女性。该视角看似平常却产生了贴近生活、揭示生活、揭示女性优秀品质的不平常效果,具有很强的真实感和亲和力。在众多有关女性的话题中,作者选取了女性最伟大的品质进行刻画创作,其思想倾向明显。然而,我们知道,歌颂女性、歌颂母亲的诗歌作品很多,如果没有好的视角和技巧,这类题材的诗歌创作很容易落入俗套。在《织》一诗中,作者选取的视角很好,这为该诗的创作打下了良好的基础。

2. 作者从女性生活中提炼出了"织"这一女性最具有共性的家庭劳作方式之一,将处于不同时代的三代甚至四代女性——祖母、母亲、妻子甚至女儿都贯穿在了一起。诗中用了"继续""继承"两个词语,把三代女性从时间上联系在了一起,同时又渲染、突出了她们共同的珍贵品质,显得自然、得体。

3. 作者对不同时代婆媳三代女性的描写是丰富而不单调的,她们各有各的时代特征和个性。在对婆媳三代的描

写中,分别采用了一些带有时代感的词组,例如:

祖母——"穿蓝布棉袄""油灯""木质的老迈的机器""纺锤"。

母亲——"12瓦的节能灯泡""又旧又破的衣衫""手变得粗糙""皱褶的衣服""强壮、孤寂、温柔而细腻"。

妻子——"沙发上""日光灯""两岁的女儿""打一件毛衣"。

从中可以感到时代的变迁和生活水平的进步,如从油灯变成了节能灯和日光灯,从夜以继日为养家糊口劳作的家庭妇女到茶余饭后打打毛衣的现代女性。在祖母、母亲、妻子三代人中,作者注意到了因时代进步、技术发展而呈现出的纺织生产方式"织"——手工纺纱和手工编织的变化,然而不变的、永恒的是中国妇女以"织"为载体体现的勤劳。

4.这首诗在描写上也有独特之处。首先,开头短短的两行:"梦中或失眠／我的虹膜总被一束光线刺穿"即"语出惊人"——它虽是叙事式的,却引出了正题,以诗的语言吸引了读者的思想和目光。其次,在描写上有详有略、有重有轻,详略把握得比较恰当。全诗共26行,其中描写祖母的有10行,计122字,描写母亲的有12行,计152字,描写妻子的有3行,计40字,结尾1行,14字。描写的重点一看就很清楚。全诗以"代"为序,既相互传承,又轻重有别,与作者的写作动机——怀念祖母、母亲和本诗的主旨——歌颂女性、歌颂母爱是吻合的。此外,本诗在一些细节的描写上也富有诗意。除了上面分析的对祖母、母亲、妻子的刻画上体现时代感,对一些事物的描写也诗意十足,相当精妙。例如:"雪花填入巨大的黑暗"写出了祖母冬夜劳作的寒冷与漫长;"那木质的／老迈的机器吸入又吐出她的劳作／转动的星辰中,一只纺锤／晃动着,一寸寸缠起她的夜。"写出了祖母手工纺纱的辛劳;"当红润的手变得粗糙,却／握满了全世界的温暖的语言"一正一反写出了伟大的母爱,在母亲的手从姑娘时的红润变得粗糙的同时,母爱变得越来越温暖;"当她颤巍巍起身,那钟摆是如何置入／无辜者的身体?""她还穿着她的皮肤 ——／这件满是皱褶的衣服:那皱褶里／隐藏着岁月的秘密。"写出了母亲辛劳的一生;"一个／早晨,她把一生留在半块棉布中。"和"她的虹膜在阳光中收缩／在正午最亮的时刻,她突然／看见黑暗。"则以特殊的语言写了祖母和母亲的死。一个"突然",一句"一个早晨"写出作者对她们突然辞世的悲痛,祖母和母亲连死(其实是整个一生)也这样满含艰辛,怎不令读者心灵受到震撼?

5. 本诗的主旨是歌颂女性、歌颂母爱,然而尤其可贵的是它不仅仅停留在歌颂上,作者从更深的层次上来理解女性,赋予了对女性生活的关爱,对女性生活的透视。"女人,你慢一点,慢一点,织那生与死。"作者从生与死的高度理解女性的劳苦,发自肺腑地呐喊:"女人,你慢一点。"这呐喊不光是针对女人的,同样也是针对男人的。诗行戛然而止,诗意却隽永流长。

(注:此文2003年曾在学校学报上发表。)

推荐阅读书目

1. 外国文学名著丛书编辑委员会编，水建馥译，《古希腊抒情诗选》，人民文学出版社1988年8月第1版，定价2.15元

2. 开罗艾因·夏姆斯大学、北京语言大学编译，杨孝伯主编、翻译，《阿拉伯古代诗文选》，北京语言大学出版社1997年10月第1版，定价33.00元

3. 朱光潜撰，《诗论》，上海古籍出版社2005年4月第1版2007年1月第2次印刷，定价30.00元

4. 谢文利、曹长青著，《诗的技巧》，中国青年出版社1984年10月第1版1990年7月第5次印刷，定价4.10元

5. 金钦俊著，《新诗研究》，中山大学出版社1999年9月第1版2001年4月第3次印刷，定价16.80元

6. 贺圣谟著，《论湖畔诗社》，杭州大学出版社1998年6月第1版，定价20.00元

7. 江弱水著，《诗的八堂课》，商务印书馆2017年1月第1版2017年5月第3次印刷，定价34.00元

8. 莎士比亚著，屠岸译，《十四行诗集》，上海译文出版社

1981年5月第1版1984年4月第3次印刷,定价0.62元

9. 但丁著,王维志译,《神曲》,人民文学出版社1954年3月第1版1988年9月第10次印刷,定价5.75元

10. 布莱克著,袁可嘉、查良铮译,《布莱克诗选》(英汉对照),外语教学与研究出版社2011年11月第1版2012年6月第2次印刷,定价10.00元

11. 华兹华斯著,黄果炘译,《华兹华斯抒情诗选》,上海译文出版社1986年11月第1版1988年4月第2次印刷,定价2.65元

12. 雪莱著,查良铮译,《雪莱抒情诗选》,人民文学出版社1958年10月第1版1982年11月第3次印刷,定价1.05元

13. 普希金著,卢永、王士燮等编译,《普希金抒情诗选(上册、下册)》,人民文学出版社1989年1月第1版,定价9.50元

14. 莱蒙托夫著,余振译,《莱蒙托夫抒情诗选》,上海译文出版社1990年5月第1版,定价6.95元

15. 屠格涅夫著,黄伟经译,《屠格涅夫散文诗集·爱之路》,湖南人民出版社1981年6月第1版1988年2月第4版第6次印刷,定价1.50元

16. 海涅著,钱春绮译,《诗歌集》,上海译文出版社1982年1月第1版,定价0.98元

17. 雨果著,闻家驷编,《雨果诗歌精选》,北岳文艺出版社1993年12月第1版,定价12.80元

18. 叶芝著,傅浩译,《叶芝诗选》,上海译文出版社2018年12月第1版,定价128.00元

19. 惠特曼著,李视歧译,《惠特曼诗歌精选》,北岳文艺出版社1994年3月第1版,定价14.50元

20. 狄金森著,江枫译,《狄金森诗选》,湖南人民出版社1981年10月第1版 1987年10月第2次印刷,定价2.30元

21. 泰戈尔著,华宇清编,冰心、郑振铎、白开元等译,《泰戈尔散文诗全集》,浙江文艺出版社1990年10月第1版1991年10月第3次印刷,定价7.80元

22. 卡瓦菲斯著,黄灿然译,《卡瓦菲斯诗集》,重庆大学出版社2014年1月第1版,定价 45.00元

23. 波特莱尔著,郑克鲁译,《波特莱尔诗歌精选》,北岳文艺出版社2010年1月第2版2015年1月第2次印刷,定价18.80元

24. 索德格朗著,北岛译,《索德格朗诗选》,外国文学出版社1987年10月第1版,定价0.82元

25. 巴勃罗·聂鲁达著,陈黎、张芳龄译,《二十首情诗和一首绝望的歌》,南海出版公司2014年6月第1版2015年12月第5次印刷,定价39.50元

26. 强弓选编,《徐志摩诗》,浙江文艺出版社2007年10月第2版,定价20.00元

27. 晓彰选编,《郭沫若诗》,浙江文艺出版社2000年1月第1版,定价18.60元

28. 蓝棣之选编,《闻一多诗》,浙江文艺出版社2000年5月第1版,定价16.30元

29. 于依选编,《艾青诗文名篇》,时代文艺出版社2003年1月第1版,定价28.80元

30. 冯雪峰著,《冯雪峰选集》,人民文学出版社2003年6月第1版,定价22.00元

31. 北岛著,《北岛诗歌》,南海出版公司2003年1月第1版,定价20.00元

32. 舒婷著,《舒婷诗文自选集》,漓江出版社1997年6月第1版,定价18.50元。共四辑,其中前三辑诗歌,第四辑文论。

33. 顾城著,《中国当代名诗人选集·顾城》,人民文学出版社2006年1月第1版,定价20.00元。整个系列共15种。

34. 海子著,周易主编,《海子的诗》,中华书局2007年1月第1版,定价20.00元。共分五卷。

35. 阎月君、高岩等编选,《朦胧诗选》,春风文艺出版社1985年11月第1版1986年10月第4次印刷,定价2.35元。谢冕作序《历史将证明价值》,收录北岛、舒婷、顾城、梁小斌等25位诗人的作品。

36. 梁晓明等主编,《中国先锋诗歌档案》,浙江文艺出版社2004年7月第1版,定价36.00元。收录北岛、芒克、舒婷、顾城、海子、西川等31位诗人的作品,以及3位评论家的简要诗评。

37. 诗刊社编，《1986 年诗选》，人民文学出版社 1988 年 2 月第 1 版，定价 2.65 元。由诗刊社朱先树选编，刘湛秋审定，共收录 153 位诗人的 153 首诗歌。

38. 中国作家协会《诗刊》选编，《2000 中国年度最佳诗歌》，漓江出版社 2001 年 1 月第 1 版，定价 12.5 元。共收录 134 位诗人的 162 首佳作。

39. 中国作家协会《诗刊》选编，《2001 中国年度最佳诗歌》，漓江出版社 2002 年 1 月第 1 版，定价 12.00 元。共收录 120 位诗人的 142 首佳作。

40. 中国作家协会《诗刊》选编，《2002 中国年度最佳诗歌》，漓江出版社 2003 年 1 月第 1 版，定价 15.00 元。收录 113 位诗人的 170 首佳作。

41. 中国作家协会《诗刊》选编，《2003 中国年度最佳诗歌》，漓江出版社 2004 年 1 月第 1 版，定价 22.00 元。共收录 207 位诗人的 283 首佳作。

42. 中国作家协会《诗刊》选编，《2004 中国年度诗歌》，漓江出版社 2005 年 1 月第 1 版，定价 19.00 元。共收录 209 位诗人的 264 首佳作。

43. 中国作家协会《诗刊》选编，《2005 中国年度诗歌》，漓江出版 2006 年 1 月第 1 版，定价 22.80 元。共收录 229 位诗人的 327 首佳作

44. 中国作家协会《诗刊》选编，《2006 中国年度诗歌》，漓江出版社 2007 年 1 月第 1 版，定价 19.80 元。共收录 184 位诗人的 233 首佳作。

45.中国作家协会《诗刊》选编,《2006中国年度散文诗》,漓江出版社2007年1月第1版,定价22.80元。

46.中国作家协会《诗刊》选编,《2007中国年度诗歌》,漓江出版社2008年1月第1版,定价29.80元。

47.中国作协创研部选编,《2008年中国诗歌精选》,长江文艺出版社2009年1月第1版,定价29.00元。共收录230位诗人的230首(外98章)佳作。

48.《诗探索》编辑委员会选编,林莽主编,《2009中国年度诗歌》,漓江出版社2010年1月第1版,定价29.80元。共收录位诗人首佳作。

49.《诗探索》编辑委员会选编,林莽主编,《2014中国年度诗歌》,漓江出版社2015年1月第1版,定价39.80元。共收录229位诗人的271首佳作。

50.《诗探索》编辑委员会选编,林莽主编,《2017中国年度诗歌》,漓江出版社2018年1月第1版,定价42.00元。共收录250位诗人的286首佳作。

图书在版编目（CIP）数据

此地有声 / 陈运能著 . -- 宁波：宁波出版社，2020.8
ISBN 978-7-5526-3926-1

Ⅰ . ①此… Ⅱ . ①陈… Ⅲ . ①诗集—中国—当代 Ⅳ . ① I227

中国版本图书馆 CIP 数据核字（2020）第 094126 号

此地有声
陈运能　著

责任编辑	苗梁婕
责任校对	朱璐艳
装帧设计	金字斋
出版发行	宁波出版社
	（宁波市甬江大道 1 号宁波书城 8 号楼 6 楼　邮编　315040）
网　　址	http://www.nbcbs.com
印　　刷	宁波白云印刷有限公司
开　　本	880mm×1230mm　1/32
印　　张	8.125
字　　数	150 千
版　　次	2020 年 8 月第 1 版
印　　次	2020 年 8 月第 1 次印刷
标准书号	ISBN 978-7-5526-3926-1
定　　价	42.00 元

如发现缺页或倒装，影响阅读，请与出版社联系调换　电话：0574-87248279